KB091913

김용숙 시집

성숙

김용숙

김용숙 시인은 안양예고 연영과를 졸업하였다. DB손해보험사 MVP.리더스이며 오븐데이 마케팅 이사이다. 시인은 11월 초겨울이 되는 날 태어났다. 뱀띠, 겨울잠 자기전 움추림의 태생, 주저하고 아파했던 소심함, 혼자 동면을 준비하는 외로운 태생, 그렇게 힘든 삶, 외롭게 살아온 시인이지만 시인의 탄생석, 가을 토파즈이기에 건강 희망의 뜻, 그렇기에 건강과 희망을 잃지않고 시인은 다시 시를 쓰며 보석이 되어가고 있다. 두번째 시집 가을 토파즈에 이어 세번째 시집 성숙을 세상에 내 놓는다. 유트버 시인 김용숙은 부동산컨설던트와 각종 무역사업을 하고 있다.

김용숙 제3시집
성숙

초판1쇄 인쇄 | 2021년 5월 25일
초판1쇄 발행 | 2021년 5월 25일
펴낸곳 | 도서출판 그림책
발행인 | 장문정
주 소 | 경기도 수원시 영통구 호수공원로 45
전화 | 070-4105-8439
E - mail | khbang21@naver.com
지은이 | 김용숙
표지디자인 | 토마토

성숙

김용숙 시집
성숙

고백

저는 감정의 널뛰기가 심한 사람입니다

이런 감정과 끼가 많아 연극영화과를 선택했고
연기자나 엔터테인먼트가 되고 싶었던 꿈들을
이혼한 부모 대신 동생을 키워야 하는
현실이란 삶 앞에서 내려놓았습니다

제 끼와 불안정한 감정 그리고 삶속에서 남자를 불신하면서도 사랑을 노래했던 외로운 아이였습니다
남자에게 부모의 사랑을 원했는 지도 모르겠습니다

그래서 남자들이 질려 바람나거나 아님 제가 싫증 나 흐지부지 헤어졌습니다

독신주의자였던 저였습니다

그러던 제가 믿음감이 갈만큼 성실하고 깨끗한 영혼의 소유자를 만나 두 아이의 엄마가 되었습니다

그러나 그 영혼의 소유자도 다른 타인이었고
그에게는 저와 제 아이들보다 시댁 식구와 일, 타인의 시선이 우선이었습니다
제가 그에게 받을 상처보다 제 감정보다 그의 생각과 상황이 먼저였습니다

자식을 낳아 키우며 외로움에 얻은 우울증과 엄마를 잃고 죽음에 대한 공포와 그리고 어릴적 돈만 벌어야했던 제 자신이 없었던 삶에 대한 보상심리로 전 조울증환자처럼 보이는 삶을 살아왔습니다

근데 전 정신병자도 다 이유 있는 삶이라고 생각합니다
그러나 전 정신병자가 아닙니다

전 약을 먹지도 않고 약이 받지도 않습니다

전 남들과 다른 감성과 생각을 지닌 사람일 뿐인데
그들은 특히 가족과 친구들은 제 진면모 대신
과거 평범했던 그리고 자살을 수 없이 기도 했던 제 자신을 걱정해 저를 인정하지 않았기에…
가족들과 싸우고 30년 지기 친구들과도 인연을 끊었습니다
그리고 아파합니다…
그들은 말합니다 항상 착한 너가 참으라고…

전 이렇게 부족한 사람입니다
이제는 상처받는 삶이 너무 싫습니다
그래서 강한 척 욕하고 소릴 지르며 살아가기도 했습니다
죄송합니다 제게 상처 받은 그들께 진심으로 사죄합니다

그리고 아프리카 티비 방송에서 시댁식구들 욕을 한 점도 진심으로
사죄합니다

그래서 RETURNS …
SINGLE로 살아가게 됐지만…

제 아이들에게 끝없는 죄인이 되었지만
그냥 부모들도 항상 죄책감에 살아가기에…
저는 지금의 아픔과 감정들을 시로 쓰고 음악을 듣고
춤을 추며 소통하는 방송인 YOUTUBER 시인 김용숙
으로 살아가기로 했습니다

저는 성공을 하고 싶습니다
그래서 우리 아이들과 살 집도 마련하고
같이 살날을 꿈꾸며 하루하루 살아갑니다
제 나이 45(만으로 43살, 한살이라도 어려보이기를 꿈꾸는 여신이어
라)살 새로운 삶의 발걸음을 뒤디는
저를 응원해 주십시오

그러니 그대여 그대도 꿈을 꾸기를 희망합니다
꿈은 그대의 나이와 상관없다는 걸
삶은 어떻게 살아가고 느끼느냐에 따라 다르다는 걸
그대에게 전하고 싶습니다

그리고 이 책은 시를 쓰고 싶어 하지만 지금 삶의 고됨 속 열심히 살아가는 유방암 환자인 제 이모 임성숙님께 바칩니다

제목 '성숙'은 제 두 번째 엄마이기도 한 제 이모 임성숙님을 위한 시집이기도 하고 그리고 제가 불과 2년반 만에 이혼의 아픔을 극복하고 다시 삶을 선택하며 성숙해지는 과정, 쓰지 못했던 시를 다시 쓰게 된 성숙한 과정을 이야기합니다

이 긴 고백을 읽어주고 들어주신 그대여 정말 감사합니다

2021. 05. 07. 유트버 시인 김용숙 드림

PS : 제 두 아이 보석이 제 이혼고백을 아주 쿨하게 받아들여서 ㅋㅋ
공개적으로 고백합니다
저 싱글이여라 으하하하하

김용숙 시집

성숙

성숙

철로

지나갑니다
수많은 사람들의 한숨이
내 위로 쏟아집니다

돌아가는 바퀴속
바퀴를 돌리는 힘의 원천
그대를 향하는 나의 사랑

이른 새벽
내가 숨을 쉬고 발걸음을
옮기는 것 또한
그대를 위한 나의 위로

지나가는 철로 위로
나의 눈물이 떨어져도
그대의 지나가버린 마음을
다시 잡을 수 없음을 알기에

방향을 잃은 사랑은
오늘도 철로를 달립니다

이른 새벽
오랜만에 인천선을 타고

풀칠 인생

목구녕이 포도청이란다
침을 삼키기 힘든데
어찌 살란 말인가

하루 벌어 하루 사는
나는 하루살이

풀잎에 이슬을 마시는
사랑에 목마른 벌레

그 놈의 세상
돈이 만든 잣대속
그 돈을 품으러 하루를 산다

풀칠 인생
누더기 같이 덧붙인
상처 위에 위로

나는 그렇게 상처 받은 나의 영혼에
시라는 종이와 음악이라는 풀에
아픔을 덮고 또 덮고 또 덮어

숨이 막힌다

풀칠 인생
풀고 싶지만 풀지 못하는
굴레의 인생

나는 살고자 풀칠을 하고
나는 살고자 너를 덮어 지우려 한다

아프고 슬프지만
사랑했기에
더 그리운 나의 추억을
이제 나는 풀칠로 덮고 싶다

소통 속에서 시구를 발견하고 필이 오면 시를 씁니다
즉흥적이지만 저는 그게 좋습니다
오랜 시간을 품는 다고 명품이 될 수 없습니다
오히려 잘못 품은 알이 썩을 수도 있다는 걸 깨닫기를…

흐르는 물결처럼

제 마음이 그대로 흐르고 있는데
그댄 마음의 댐을 만들어
나를 막네요

제 마음이 그대를 지나쳐
모른 척 흐를 수 있다면
얼마나 좋을까

흐르는 물결에 사랑을 담아 보냅니다
흐르는 물결에 그리움을 담아 보냅니다
이 물이 흘러 그대로 간다면 좋겠지만
이 물이 어디로 흘러가는지 나는 모릅니다

사랑은 야속하게도 흐르는 시간속에서
사그라들 테니
그렇게 사그라질 그 날까지
그렇게 그대로 흘러갑니다

날이 좋아 병원 갔다 산책을 했네요
흐르는 강물이 아름답기에

손가락 사이사이

내 무릎 살포시
그대의 손을 올려놓고
그대의 손가락 사이사이
그대를 향한 내 마음을
전해봅니다

손가락 사이사이
스치듯 나의 손길을 전하며
그대와 나의 체온을 느낍니다

거칠어진 그대 마음이
나의 손길로 위로받기를 갈망하며
나의 마음을 전해봅니다

다시는 잡아 볼 수 있을지 모르겠지만
지금 이 순간만은
그대의 체온을 기억하렵니다

고마웠어요
그대 손을 잡을 수 있는
그날을 주셔서

그 날을 기억하며

설레임

누군가를 만나러 간다는 건
정말 설레이는 일이다
그 사람이 내 소중한 인연 중
한 사람이기에
그 시간을 기다리고 기다리다 …
일초씩 가까워지는 시간을 감사한다
어제 비가 왔던 하늘은
이런 내 마음을 아는 지
너무도 맑게 나를 내려본다
내가 쳐다 보지 않았다면
마냥 기다렸을 아름다움을
놓치지 않고 바라본 오늘
난 그 무엇의 보석보다도 값어치 있는
추억을 만들 수 있겠지
그런 설레임과 기대속에서
나의 무거운 발걸음을 옮긴다
삶의 무거움
또한 이 한 순간 잊을 수 있도록
하늘이 그리 밝아진다

비가 내리고 꽃잎이 내리고 내 마음에는 무엇이 내릴까요?

어제의 느낌대로…
(아니 일기예보를 들었을 지도 ㅋ)
오늘 비가 내렸다…
봄비가 아닌 여름비처럼 내린 비에
벚꽃이 바닥에 흩날려 꽃길을 만든다
그 길을 한발씩 디딜 때마다 느껴지는 말할 수 없는
아쉬움과 아름다움이 교차된다
내가 이 아름다운 길을 걸을 수 있음에 감사하자
이 흩날리는 벚꽃을 볼 수 있음에 감사하자
내가 살아있음에 행복한 사람도 있다는 걸 잊지 말자

그 길을 걷는 내가 오늘은 세상 모든 보물을 가져버린
여왕처럼 행복했다는 걸… 잊지 말자
새로운 봄이 오는 날 지난 봄을 기억할 수 있기를
나는 오늘 봄의 여왕이 되었다

봄비가 내리는 날 봄꽃잎이 날리는 날
내 마음에는 그리움과 후회가 흘러내리는 날
그래도 난 살아있으니 황홀함을 느낀 날

봄을 즐기다

비오기 전 바람에서 흙냄새가 물씬 풍긴다
내 상처에서 흐르는 피비린내처럼…
흙냄새에 휩싸여 봄의 밤길을 걷는다
이제 비가 내리면 이 벚꽃잎이 지겠지
봄은 준비도 안 된 내 마음에 너무 빠르게 다가왔다
지나가 버린다
이렇게 가벼운 이별이 순리라면 …
받아들이지 못 하는 난 외로움을 많이 타는
나약한 감성의 소유자인 걸까
넘어져 다친 무릎의 통증은 간간히 내 발걸음을
더디게 하니…
주변에 묻힌 아름다움을 발견하게 된다
삶은 이렇게 잃어가는 게 있음
얻어가는 것도 있다는 걸 알면서도
내 뜻대로 되지 않는 인생에 아파하고 슬퍼하는
아직도 미련한 그런 인간일 뿐인가 보다

그냥 흙내음 나는 밤 나는 지나갈 봄을 즐기며 그리워하련다
그렇게 시간이 나를 다시 일으켜 세우겠지…

다시 글을 쓸까 한다

조금 더 성숙하고 성장하도록
다시는 같은 실수를 반복하지 않도록

출근길 등산을 가는 분에 배낭을 보았다
그 가방 옆 안경집이 눈에 들어왔다
노안이 오신 걸까?
문득 생각이 많아진다
아이가 어렸을 때는 아이를 챙기느라
내 가방속 짐이 한가득이었다
아이가 크면 가방속 짐은 줄어들 거라 생각했는데
문득 저 배낭을 보니 나이를 먹어갈수록
나를 위한 짐들이 늘어날 거 같다

근데 그것이 당연한 순리이다
나를 챙기지 않는다면 그 누구도 나를 챙겨주지 않는다는 걸
그러니 오늘은 내 가방속 홍삼을 마시고 힘을 내야겠다
ㅋㅋㅋ
오늘도 스스로 사랑하는 하루가 되시기 바래요

교차로

갈 길을 모르겠습니다
앞이 보이지 않습니다
내 눈은 그대를 보내고
그대 외에는 보이지 않습니다

차도 위에 지나가는
차 소리도 들리지 않습니다
그대 목소리를 듣지 못한
그 순간부터
제 두 귀는 귀머거리가 되었습니다

저는 그대 밖에 모르는 바보로
저는 그대 모습 그리는 미련으로
저는 그대 생각속 하루를 버티니

교차로 그대와 나의 생각이 교차되기를
교차로 그대와 나의 숨길이 합쳐지기를
교차로 이 길의 어긋남이 이별이기 보다는
교차로 그대를 기다리면 만날 수 있는
그곳이 되기를

신호를 기다리며
길위에 서서

369
독산
Doksa

지렁이

나는 사랑이 고팠다
비가 내린다

이 비가
사랑의 단비인 줄 알아
삶의 고난을 뚫고
땅위로 오르니

단비가 아니었다
쓰디 쓴 독약

비가 그치고 해가 나니
사랑의 이면
그대의 비수에
나는 말라 간다

나의 사랑은 메마름에 길을 잃고
갈 길 잃은 사랑은 외로움에 죽어 간다

나는 그렇게 하루하루
메마르고 메말라 간다

비틀어져버린 나의 사랑에
언제가 단비를 적셔주기를

갑작스런 소나기에 땅위로 나온 뒤
말라가는 지렁이를 보며

청자

푸른빛이 도는 그녀는
맑은 빛의 거울이 되어 버렸다

죽일 놈의 사랑
질겨져버린 악연

연민은 그렇게 사랑이 되고
사랑은 그렇게 증오가 된다

그녀나 나나
슬픈 사랑에 빠진
바보같은 동지

그녀나 나나
미친놈에게 빠진
안타까운 바보

그녀나 나나
불쌍한 그를 사랑하기에

그의 칼날아래
서로를 품어 버렸다

안타까운 사람
너무나 불쌍한 사람
그리고 나에게 사랑스런 사람

푸른빛이 도는 나의 사랑은
오늘도 멍이 든 채
고통속에 잠이 든다

모르고 시작한 나의 사랑은
그녀와 나를 아프게 한다

어떤 한 남자를 알게 됐는데
그분의 부인이신 청자님과 더 친하게 되었습니다
고마워요 청자님
저와 친구가 되어주셔서 정말 감사합니다
지은이 김용숙 청자님께 드림

연명

한 숟갈 뜹니다
엄마의 죽기 전 제게 한 말
먹어라 제발 먹어라
그 말의 밥알을 삼키지만
슬픔에 목구녕을 넘기지 못하고
모래알을 씹듯
곱씹고
곱씹고
또 곱씹습니다
겨우 꿀꺽 삼킨
내 어미의 말
살아라 제발 살아라
그리고
맛있다 맛있다
그리 노래 하거라
나는 밥숟갈을 들 때마다
그녀를 그립니다
이 한 숟갈의 연명으로
난 오늘도 목숨을 부지하며
살아갑니다

무엇이 그리 바쁠까요
오늘도 찹쌀꽈배기에 커피 열 잔으로 피곤과 굶주림을
쫓습니다

달월

나에게는 닿을 수 없는 달이 있습니다
나에게는 올려다 볼 수 없는 그대가 있습니다
나에게는 사랑하면 안 되는 죄인의 족쇄가 있습니다
나에게는 신에게 허락받지 못한 사랑이 있습니다
나에게 그대는 죗값을 치루는 천벌
나에게 그대는 잔인하고 잔인한 형벌
신은 나를 벌하기 위해 그대를 보낸 건지도
나 이 죗값을 치르기 위해 그대를 받아들입니다
나 피흘리며 아파도 그대를 끌어안습니다
나 죽을 만큼 아파도 죽지않는 한
그대를 그리는 달이 되겠습니다

달을 사랑하는 바보
그런 바보가 되겠습니다

저는 바보같은 달을 사랑하는 사람입니다

신기루

꿈이었을까요?
운명적으로
그대에게 끌려
그대를 받아줬습니다

다행일까요?
그대가 떠나고
나 혼자 이 곳에서
그대를 그리워합니다

그리운가요?
스치듯 지나는 인연이
신기루처럼
손가락사이로
빠져나가니

그립습니다
신기루였더라도
그대가 정말 그립습니다

오늘도 그대 품에 안기는
신기루에 행복한 나
그렇게 그렇게 살아갑니다

진통제에 의존해서 살아갑니다
제발 잠 좀 제대로 자 봤으면

中偶

나의 마음을 보이려니
기울어진 마음이 보일까
두렵고 아파 숨어버립니다

나의 기다림을 보이려니
그대에게 부담될까
한발 뒤로 물러서 버립니다

나의 진심을 보이려니
가식적으로 보일까
돌아서서 아파합니다

나는 그대가 그립습니다
나는 그대를 사랑합니다
나는 그대가 너무 좋습니다

제 마음 한쪽으로 치우쳐
나의 마음이 기울어진데도
나 그대를 사랑하며 살아가고 싶습니다

이름속에서 시가 보일 때가 있습니다
언어적 유희를 좋아하는

기도

이슬 맺힌 제단에서
무릎 꿇고 기도하오니

보살펴주소서
죄 많은 영혼

보살펴주소서
어리숙한 영혼

보살펴주소서
내가 사랑하는 이들

보살펴주소서
내가 상처준 이들

보살펴주소서
내가 외면한 이들

보살펴주소서
나를 외면한 이들

보살펴주소서
나를 상처준 이들

보살펴주소서
약해빠진 영혼을 가진
저를
제발 가엽게 여겨
보살펴주소서

화순성당에서 기도하며 쓴 시

해무

나는 그대 주위를 맴도운다
그대의 강한 외면에
그늘져버린 나의 사랑

그대의 강한 빛은 나에게
너무도 매혹적인 사랑이었다

눈이 부시도록 아름다웠던
짧고 강한
그대와의 추억으로
나는 오늘도 추억속에 살아간다

너의 빛으로

나는 아름다운 슬픔을
가진 여신이 되니

모든 사람이 고개를 들어
그대와 나를 바라보니
우리의 사랑은 이루어질 수 없구나

해무, 허무하도록 아름다운 사랑아

신의 시샘인가
부는 바람에 우린 이별을 이야기한다

문득 고개를 든
하늘을 바라보기 좋아하는

해무 - 햇무리의 경상도방언. 해주변의 구름을 뜻함

새벽산책

일상의 걸음을 걸으며
길을 헤매이는데

화순 석유사장님이 바다로 가는 길을 알려주심

인생의 길을 헤매일 때 곁에서 바른길을 알려주는
누군가가 있다면 그 인생은 외롭지 않을텐데

저는 두 아이의 엄마로 그 두 아이에게 바른 길을 인도할 수 있
는 등대같은 친구가 되고 싶습니다

운무

하늘로 떠가버린
마음을 어찌 찾아야 할까요

뿌옇게 보이지 않는
사랑을 어찌 찾아야 할까요

내가 날개가 있다면
저 구름속 그대를 찾아갈텐데

저는 이미 사랑에 날개를 잃어
구름속 그대를 찾을 수가 없네요

그대여 나를 사랑하지 않아도 좋으니
그대여 나를 미워해도 좋으니
그대여 그대 곁에 남도록
제발 허락해주오

비굴하게도 너의 아름다움에 매달리며
난 오늘도 외로운 사랑을 그리워한다네

제주항공타고 제주 가는 중
구름을 사랑한 날

비올 바람

바람이 붑니다
그냥 바람이 아닙니다

바람속 눈물을 품은
습하고 습한 비올 바람

저는 이 바람을 너무 사랑합니다
바람이 저를 스치며 스며드니
제 모든 세포가 살아납니다

한이 많아 쌓인 열기를
이 바람이 가라앉히니
나의 실수 상처 아픔을

이 바람이 나를 살게 합니다
나는 실수투성이 바보입니다

사랑을 너무 믿어
사랑에 아파했던
그런 바보입니다

그러나 그 아팠던 사랑도
비올바람이 부는 날

다시 살아가는 힘을 얻습니다

바람아 오늘도 너의 눈물로
나를 씻어주렴아

회사와 가정사 문제로 심신이 지쳐있어요
병원 가는 길에 부는 바람이 저를 미치게 합니다

환몽

그 느낌이 그립다
그때의 감촉이 너무 그립다
우리가 공유했던 모든 순간이
너무나 황홀한 환몽

과거의 사랑과 현재의 사람이
공존해 버린 나의 환상아
너는 무엇을 보고 있느냐

눈을 뜨고 감아도
깨고 싶지 않았던
그런 꿈과 같은 시간

헤어질 시간 앞에
우리는 꿈꾸듯
서로를 그리워하니

환몽
나는 지금도
이 사랑이 끝나지 않기를
진심으로 바란다

오랜만에 간 영등포에서 옛날 나이트부킹 했던
추억의 남자들을 다섯 명이나 만났다

향기없는 수선화

처음 보았을 때
너는 너무 아름다웠다
눈으로 매료되어
너에게 다가가나
너의 향기를
맞을 수 없구나

너는 수선화
섹시한 노란빛의 화려함속
잃어버린 향기는 어찌할까

향기없는 수선화
색으로만 매력을 이야기하는
너는 가식의 사랑꽃
조화였도다

안양 엔터6에서 노란수선화가 이뻐
달려갔는데
이런 이런 향기없는 조화였다
난 잊고 있었다…
그 꽃이 핀 장소는 지하였단게

엔터식스 안양점
만남의 광장
Food Street

마니플리테(깨끗한 손)

그대에게 흐르는 물 위로
손을 내밀어 봅니다
세상 슬픔 아픔 상처에 더러워진 손

그런 제 손이
그대를 향한 사랑으로 인해
깨끗해집니다

저의 영혼
그대를 위해
순수해 지고 맑아지니
그대의 존재만으로
세상을 사랑하게 되었나이다

그러니 그대여
내 두 손 그대를 위해
이 자리 이 곳에서
그대를 기다리나이다

그러니 그대여
외로움에 떠는 불쌍한 제 영혼
그대가 잊지 말아주소서

테라스와 간판이 이뻐 들어간 커피숍에서
멋진 감동을 받다

KTX안에서

마음은 이미 그 곳입니다
가야할 곳 그 곳에서 나를 기다립니다

지나가는 풍경마다
그리움이 비추고

스쳐가는 인연마다
표현되는 사랑은
각각의 색이 부럽기만 하다

나는 그대를 만나러 KTX를 타다
그러니 조금만 기다려주세요

나 그대가 기다려준 사랑
보답할 테니

나의 공백을 3년이나 기다려주고 이해해준 제 팬님
만나러 KTX 타고
아프리카 티비를 접어도 팬으로 남아준 의리 남들
사랑한다 도라이 김용숙티비 팬들
유트브 구독으로 옮겨주었네요ㅋㅋㅋㅋ

통증

온몸이 달아 오릅니다
이 열은 나를 밤새 괴롭힙니다

발바닥에 퍼지는 짜릿함
어깨를 요동치는 충격

잠을 이룰 수 없는 아픔에
나는 밤을 울고 있다

홀로 아파해야 하는 밤
혼자이기에 더 고통스런 밤

통증을 이길 수 있는
힘이 내게는 없기에

그대에게 손을 내밀어 보나
이런 내손 잡아줄 이는…
보이지 않는다

진통제를 다시 쳐방받아야 하는 지
고민이 되는 밤입니다

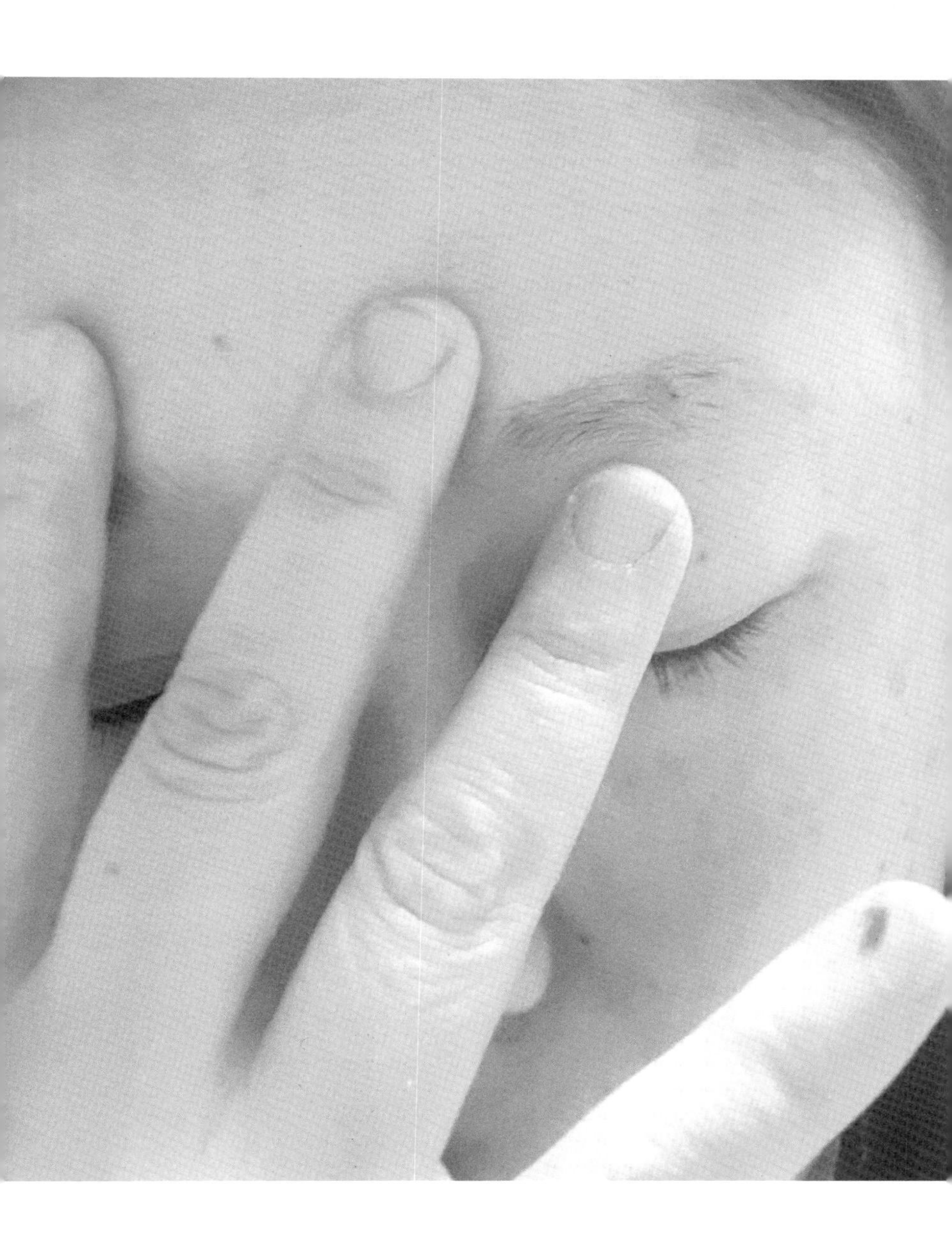

쪽지 편지

마음이 아파 울고 있는 날
감싸준 그 아이

사랑의 편지를
수줍게 숨겨 놨네요

그 어떤 보물 보다
내 가슴에 새기어

나를 살게 해준
사랑이어라

눈물을 닦을 수 있게
아픔을 멈출 수 있게
그렇게 내게 건넨
쪽지 편지

한글자 또박 또박
그대의 진심 사랑
나에겐 행복 감사
기쁨이 되어
슬픈 밤 미소를 찾아가네요

거식증 대인기피 공황장애에 걸렸던 저를 살려준
나의 여동생과 조카의 깜짝 선물
화장을 다시 시작한 저를 위한 그녀들의 서프라이즈에
심장이 다시 뛰기 시작한 밤

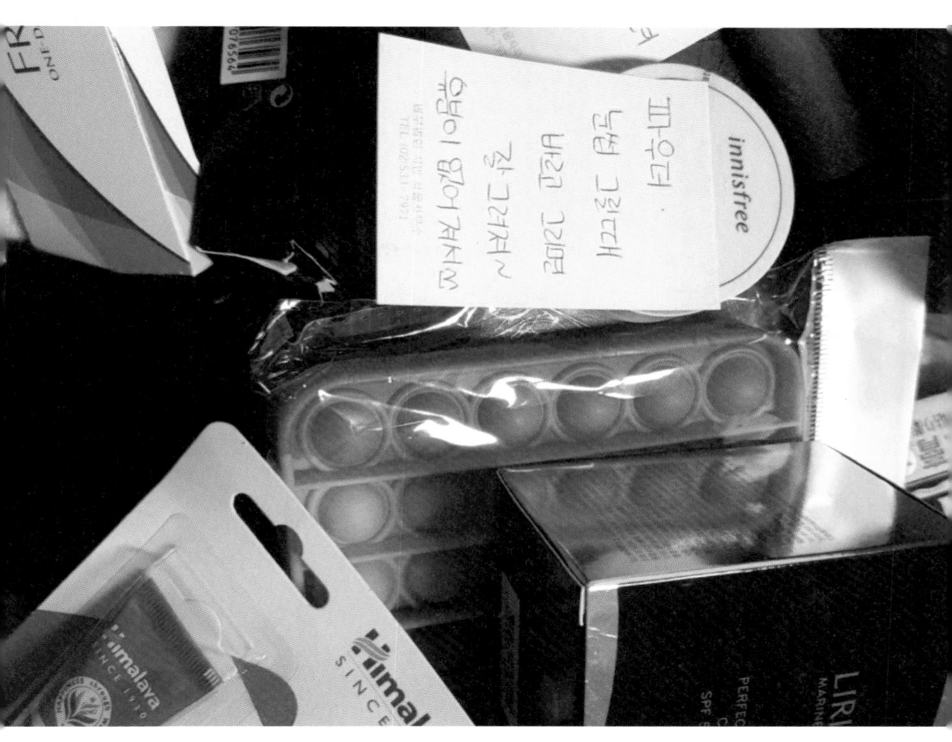

그게 난 걸 어쩌겠냐

조용히 하라고 하지마
울지말라고 하지마
떠나라고 하지마
너가 상처 주지 않아도
나는 상처가 많아

웃으라고 하지마
다가간다 하지마
나를 피해 숨지마
이렇게 사랑스럽기만
한 나에게
너 어떻게 그럴 수 있어

내 방식대로 살 거야
나 꼴리는데로 살 거야
그게 난 걸 어쩌겠니
그게 김용숙인걸

무료함은 나를 지랄 맞게 만든다

나는 여신이여라

외모는 아름답지 않지만
마음이 아름답다네

얼굴은 아네모네지만
눈빛은 호수같다네

콧날은 납작하지만
입술은 사랑을 속삭이는

나는 그대의 여신이여라
내 손길 아무나 느낄 수 없고
내 눈빛 아무나 볼 수 없으며
내 입술 아무나 탐할 수 없고
내 사랑 아무나 가질 수 없는
나 그대만 사랑하는
그대의 여신이여라

그러니 그대여
나를 숭배하며 존중하며
사랑주소서

내 사랑 그만큼 가치가 있소

새로 산 스카프가 너무 이뻐서
혼자 여신놀이 중

다시 너를 채우다

두려웠습니다
너의 화려함이

서글펐습니다
너의 푸르름이

가지고 싶었습니다
너의 순수함이

용기내어 다시 채워봅니다

나의 목덜미 그대의 키스를
나의 손가락 그대의 숨결을

그리웠습니다
너무나 푸르른
나의 토파즈
너를 다시 채우다

스리랑카에서 사온
제 탄생석을 용기 내어 착용한 날

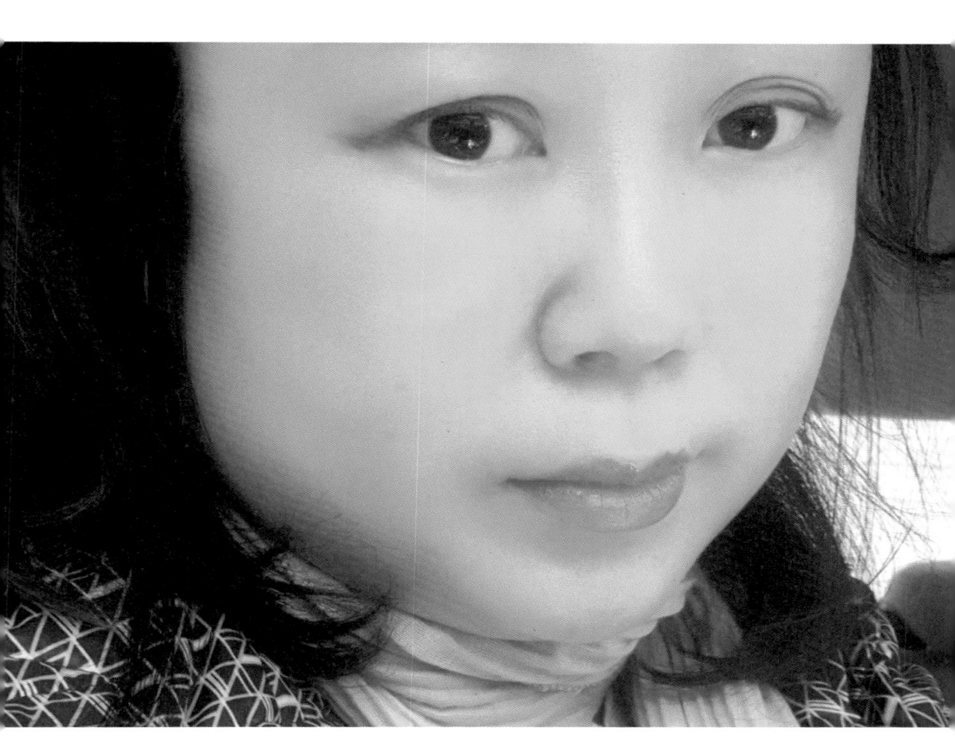

매력적인 계절

어쩌면 좋을까요
이 계절은 나를 흥분시켜요

차가웠던 그대 대신
따뜻한 그 사람이 피어나네요

나의 마음에 겨울을
걷어준 그 사람은 봄향기 품고
내 안으로 스미니

이 계절 매력에 빠져들고파
이 봄 사랑을 꿈꿀 수 밖에

색색의 색을 품은 색꽃
그 색의 매력을 더한 향에 취하니
사랑앞에 푸른옷을 벗어버려라

나는 매력적인 계절에 안겨
그대를 기다립니다

봄향기 봄꽃 봄바람 봄구름
맑은 날의 사랑을 꿈꾸는

피곤

날을 샜다
피곤한데 잠이 안온다
미쳤나 보다

걱정이 됐다
오지 않는 전화에
날이 선다

함께 하지 못 하니
알 수가 없다

느낄 수가 없으니
답답할 뿐이다

사람을 참 피곤하게 만드는 사랑
사람을 참 쪼잔하게 만드는 사랑
난 이제 그런 사랑이 싫다
난 이제 편한 사랑이 좋다

지키지 못할 약속과
걱정을 끼치는 잠수는
이제 그만하고 싶다

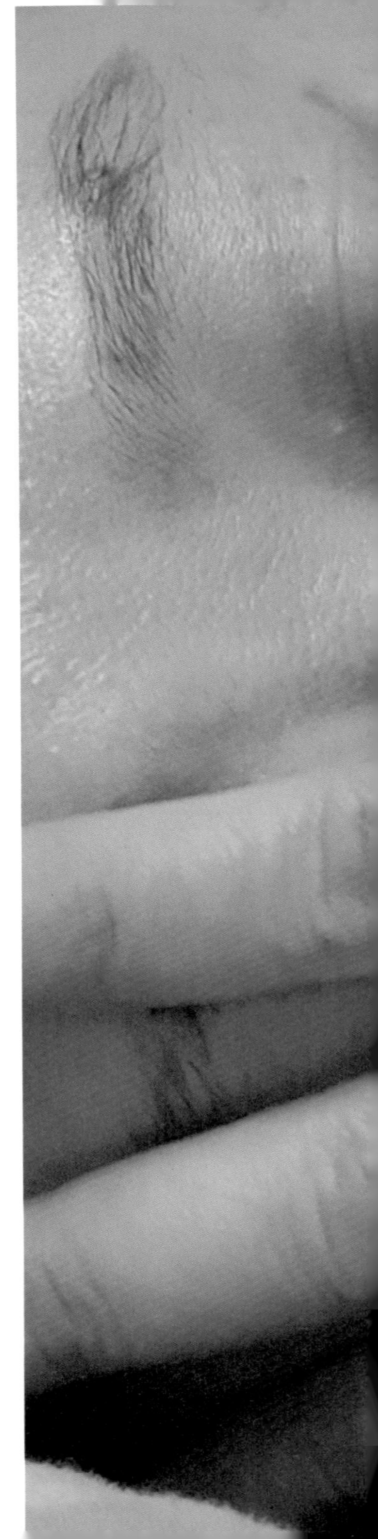

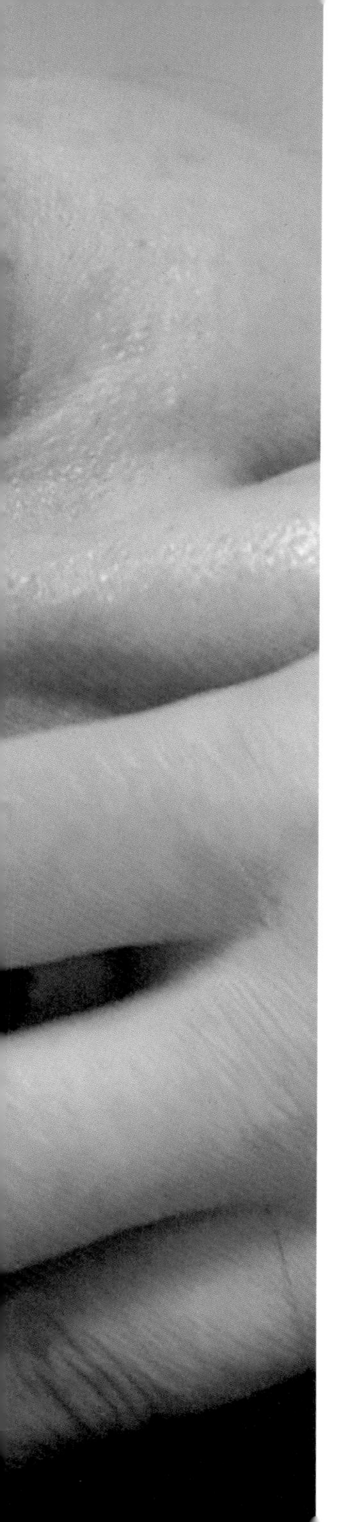

톡정도는 안부로 던질 수 있는데

답답하다가 열이 삐치니 넌 경고다

유혹

나의 눈빛 그대를 유혹한다
너를 유혹하기 위한
립스틱을 바른다

머리를 쓸어올린다
나의 목선이 너를 흥분시키길

사랑은 여자를 여인으로 만든다
난 그대의 사랑을 받고싶다
난 그대의 여인이고 싶다
그대 품에 안기고 싶은 밤
현실은 아프게도 홀로 우는 밤

사진이 마음에 들어 써봅니다

회상

갑자기 머리가 핑돕니다
지난날의 실수에
후회가 밀려들 때

후회한들
지난 일이 변치 않은데
왜 이리 아프고 부끄러울까

갑자기 피식 웃어봅니다
지난날의 사랑이
그리워진 날

그때의 설레임
나를 들뜨게 해
잠들지 못 하는

모든 걸 회상할 수 없지만
결론은 그대 사랑 기억뿐이죠

페친님들 덕에
과거 모습사진을 돌아보면서

길 위에서 마음을 찾는 여인을 만나다

어두운 밤 혼자 걷던 내게
자전거를 끈 여인이 다가왔다

내 엄마의 모습을 닮은 그녀
우리는 말없이 서로의 동행이 되었다

말하지 않아도
서로의 슬픔을 느꼈기에

말하지 않아도
서로의 아픔을 느꼈기에

그렇게 우리는 한참을 함께 걸었다
우리는 숨소리를 공유하고
발자국을 함께 남기며
이 밤 추억속 친구가 된다

잠이 오지 않아 밤11시에 걷던 그길
엄마를 닮은 그리고 상처가 있는 그녀와 친구가 되어
이야기를 나누었네요
전화기 없다던 그녀에게 제 책 1집을 드리기 위해 맥도날드 앞에서 기다리는 데
약속 시간이 지나도 오시지를 않네요

그녀를 기다리며 셀카 놀이 삼매경…
30분만 기다리고 들어가야 겠습니다
오지 못 하는 그녀 맘을 저는 충분히 이해합니다

그분이 제게 한 조언
남탓 하지 말아라 모든 건 자기 탓이다

멋진 만남

그대를 기다리다
지친 날
하늘이 위로해줍니다

순백의 하얀 몽실몽실
저 구름에 그대 모습 그려봅니다

그대도
이 하늘을 바라볼까?
그대도
나처럼 그리워할까?

구름처럼 순수한 나의 마음이
구름처럼
바람으로 그대 맘에 떠 간다면
얼마나 좋을까요?

나는 오늘도 구름을 보며
그대에게 못 전한 제 마음을
적어봅니다

신이여
슬픔에 빠진 제게
아름다움을 보여주셔서
감사합니다

신의 선물 구름아
너는 둥실 떠가
내님께 내 맘 전해주렴

오늘 뜻 깊은 만남을 기념하며

흔들리는 꽃아

나는 바람에
흔들리는 작은 노란꽃
여리고 여린 마음
바람에 흔들립니다

나는 바람에
아파하는 작은 노란꽃
작은 비난과 멸시에도
눈물 흘려요

나는 바람에
슬퍼하는 작은 노란꽃
그대의 외면과 무심함에
잠못듭니다

나는 그대 품에 피어나는
작은 노란꽃이 되고 싶어요
강한 바람 버티는 건 그대가 있기에
그러니 나를 보러 불어오세요
그대가 다시 내게 불어오기를

언덕에 핀 노란꽃이 바람에 흔들리면서도
예쁘게 피어 있기에

바람의 언덕

산을 타고 흘러 내려 내게로 온
그대의 향을 품은 바람

나는 언덕이 되어
바람을 품는다

그대의 향기가
내 언덕의 풀을 자라게 하고

그대의 감촉이
내 대지의 양분이 되어

오늘도 난 그대로 인해 살아간다

바람의 언덕
나는 오늘도
이 언덕위에서
그대를 기다린다

너무 멋진 곳을 알게 해주셔서 감사드려요
바람을 제일 좋아하는

나는 신의 선물을 받았다

제 마음이 제 자리를 찾아갑니다
제가 방황했던 시간의 아픔이
제가 존재할 이유에 대해
다시 한번 생각의 가르침을 주었습니다

저는 엄마입니다
저는 수호자입니다
저는 절대강자입니다
신으로 부터 선물 받은
두 아이를 지켜야하는
저는 그렇게 살아가며
사랑하며 살아가겠습니다

신이여
다시는 그대의 선물을 놓치지 않도록
저에게 단단한 결단력을 주소서

뒤늦게 나마 마음을 열어준
딸아이의 카톡사진을 보며 신에게 다짐 한다

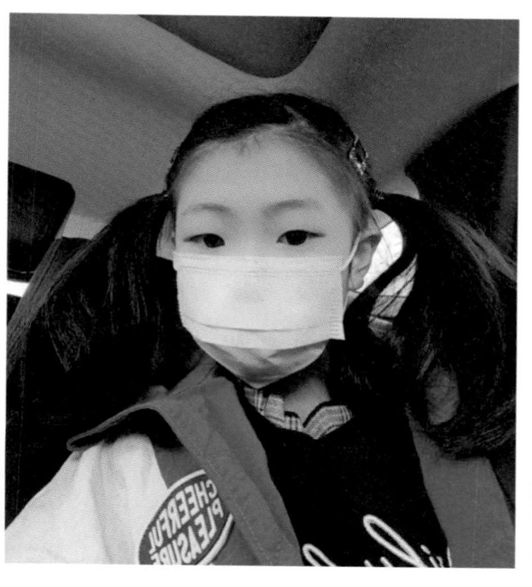
CHEERFUL

사랑의 무게

몰랐습니다
사랑에도 무게가 있단 걸
사람마다의 기준과 관점이 다르다는 걸
사람의 다양성처럼
사랑도 다양하단 걸

바보 같게도
사랑하면은
그 사람이 나를 다 이해할 거라
그리 생각했습니다

그렇게 바보 같이 사랑을 부으니
그런 바보사랑 할 사람있으리 없음을
저는 무식쟁이
저는 사랑을
너무 모르는 그런 무식쟁이

이제서야 하나씩 배워갑니다
사랑을 하나씩 알아갑니다
모든 사랑을 깨달을 수는 없겠지만
언젠가는 참 사랑을 배울 수 있겠지요

사랑하고 싶은 날 사랑받고 싶은 날

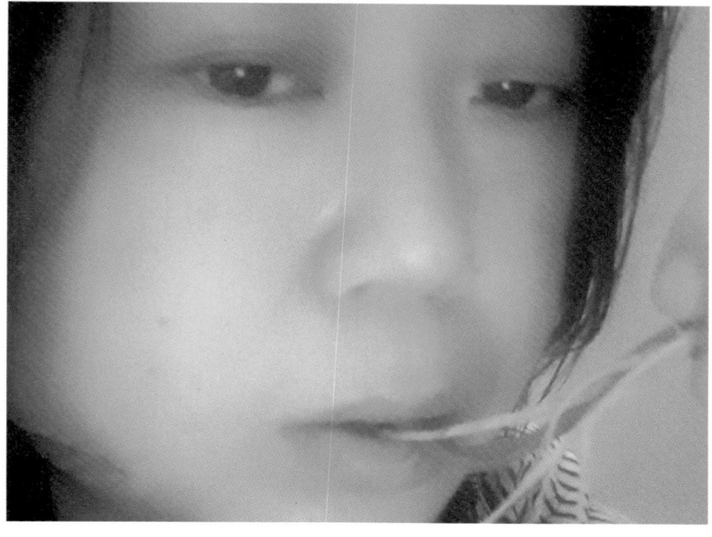

알겠습니다
무엇을 이야기 하는지

잘알겠습니다
무엇이 잘못 된 건지

죄송합니다
제가 그런 사람이라

감사합니다
이별로 저를 성숙시키니

너무 급하게
너무나도 조급하게
사랑을 표현 했기에

너무도 가벼운 사람만을 만나
나를 아프게 했다고
상처 받은 바보를 안아주자

그래요
이젠 사랑에 빠지지 않겠습니다

그렇군요
이젠 사랑을 어떻게 해야하는지 배웠습니다

글쎄요
정말로 참사랑을 만난다면
그때는 아름다운 사랑하고 싶네요

서툴러도 너무 서투른
바람에 사람을 놓치는 급직진녀

나도 똑같은 인간인 것을

그들은 나보다 덜 외로웠을 뿐이다
그들은 나보다 덜 약하기 때문이다
그들은 나보다 덜 사랑했기 때문이다
그들은 나보다 더 강했기 때문이다
그들은 나보다 그들이 소중했기 때문이다

용숙아
너의 잘못이 아니야

용숙아
오늘의 이별이 너의 성장을

용숙아
지금의 눈물이 너의 성숙을

그러니 오늘까지만 아파하고 아파하고 아파하며
흘리는 눈물도 오늘까지만…

쉽게 사랑에 빠지고
불같이 쏟아부어 이별을 만드는

여름 진주
김용숙 시집
사랑하는 사람에게 추천하는 시집!!

단 한번의 기회를 다시 준다면

저는 성격이 급합니다
그 모든 감정이
한번에 쏟아져 내리니
평범한 사람들은
저를 이해조차 못합니다

저는 마음이 여린 아입니다
그래서 타인의 작은 비난과 멸시에
강한 척 버티다 마음이 부러져
쓰러지고 아파하는 환자입니다

그러기에 저는 사랑이 고픈 아이입니다
그래서 사랑을 주고 주고 주니
그대가 부담속에 손을 놉니다

그렇게 사랑은 제 조급함속
항상 이별을 이야기합니다

그러니 전 매번 외로움에 울고 울고 울다
잠이 듭니다

새벽 버스를 기다리며

차가웠습니다
차가운 공기가 절 매여왔습니다
그래도 움직여야 했습니다
전 돌아가야 할 곳이 있으니까

그리웠습니다
사람이 그립고
사람이 좋아
실수를 해버렸습니다
전 그렇게 미숙한 영혼이기에
찬바람속 정류장에 앉아
후회하며 아파하고 있습니다

너무 서둘러 나온 바람에
첫버스를 한참이나 기다렸습니다

너무 서두른 사랑 때문에
그대를 놓치고 말았습니다

그대의 한 마디가 제 가슴에 비수가 되어
너의 서두름이 널 떠나는 이유라고
그렇게 제 탓이 되어 여린 가슴에 박히는 밤

전 그렇게 정류장에 앉아
시작도 못한 사랑에 흐느끼고 있는 밤

나의 정류장엔 언제 진실된 사랑이 멈춰줄까요?

사람을 너무 쉽게 믿고 단 한번의 만남으로
사랑에 빠져 급직진을 해버리다 담벼락에
부딪쳐 아파하는

벗겨진 마음

숨기고 싶었습니다
그대에게 부족한 저이기에
그 부족의 피해의식이
저를 외롭게 만듭니다

살고 싶었습니다
상처에 야문
그런 사람인 척
강하게

강한 것이 부러지는
그게 현실인지
그렇게 버려지는
나의 사랑아

너무 여린 나의 마음아
울고 싶지 않았습니다

울고 싶지 않았습니다
가십쇼
가세요

당신이 벗겨버렸던
나의 마음은
오늘도
밤을 새며 오열합니다

제 멘탈은 유리입니다… 그러니 제발
저를 가벼이 여겨 인연을 우스히 생각치 말아주세요
당신이 무심코 주신 상처로 인해 제가 삶을 놓치 않게
상처받은 밤

그리움에 갈증

꿀꺽 침을 삼켜도
한참을 모자라는
애타는 사랑아

그렇게 원망의 싹이
이별의 도약점이 된다

참고 또 참고 또 참았다
멈출 수 없는 그리움의 갈증을
목마르고 말라 갈라져버린 애증이 되니

나 오늘도 그리움의 눈물을 마신다
나 오늘도 가질 수 없는 사랑에 아파한다
나 오늘도 벗어낼 수 없는 진심에 잠 못드는 밤

사랑이라 믿었습니다… 하지만
저에겐 남은 게 아무것도 없는 무일푼입니다

차가운 유리벽

손이 닿아도 만질 수가 없습니다
손이 닿아도 느낄 수가 없습니다

너무도 차갑기만 합니다
난 아직도 그녀를 잊지 못 하는데
난 아직도 그녀를 원망하는데
냐 아직도 그녀를 사랑하는데

느낄 수 없는 그녀의 체온 대신
손끝에 닿은 차가움

엄마 내가 잘못했어
엄마 나 너무 힘들어
엄마 나 좀 데려가줘
아냐
아냐
엄마 나 오십년만 더 살게 해줘
우리 새끼들하고
오십년만 더 살게 해줘
엄마 나 내 새끼랑 못한 추억
다 해보고 엄마 만날 수 있게

제발 나 지켜줘요
나 죽음이 아직도 두렵고 무섭소
엄마가 그립지만
지금은 엄마에게 갈 수 없어

그러니 이 못난 딸
슬픈 세상 잘 살도록 지켜주세요

엄마를 보러간 납골당에서
챙피하도록 오열한 날
아직도 눈물이 남았구나

쑥스러운 그녀를 만나다

너무 지쳤습니다
내려야 할 정류장을 졸다

놓칠까 서둘러 버린 마음
눈물이 나기 시작하자
앞이 보이지 않았습니다

가까스로 마음을 부여잡아
들어선 그곳에서
그녀를 만나버렸습니다
그녀를 나를 안았습니다

울고 있는 나를
그녀는 말없이 안았습니다

내 안의 한을
그녀는 눈빛으로 풀어줬습니다
쑥스럽게 웃어주던 그녀

전 오늘 그녀가 전해준 커피 한 모금으로
세상을 다시 살아갑니다

고맙습니다
사랑합니다
우연히 만난 장귀자여사님

트라우마에 빠져 있는 나를 안아준
노노커피 장귀자여사님에게 헌시

性깔

나 좀 건들지 말아줘요
나 좀 흥분시키지 말아줘요
나 좀 그냥 내버려 두세요

나 외롭지만
나 사랑이 필요하지만
나 그대만 바라보지만

나의 성깔
그대가 아는 그 색이 아님을
나의 성깔
그대의 생각보다 더 오묘함을
나의 성깔
그대만을 위해 내가 내는 사랑색 일을

그렇게 상처주면 좋으신가요?
그렇게 떠나가면 되는 건가요?
그렇게 그대 성에만 차서
나의 성은 빈집이 되었습니다

모든 관계는 상대적인겁니다
제발 저를 모욕하지 말아주세요
저 성깔있지만
당신의 성깔쯤 받아줄 수 있는 그렇게 당신밖에 모르는 순진녀

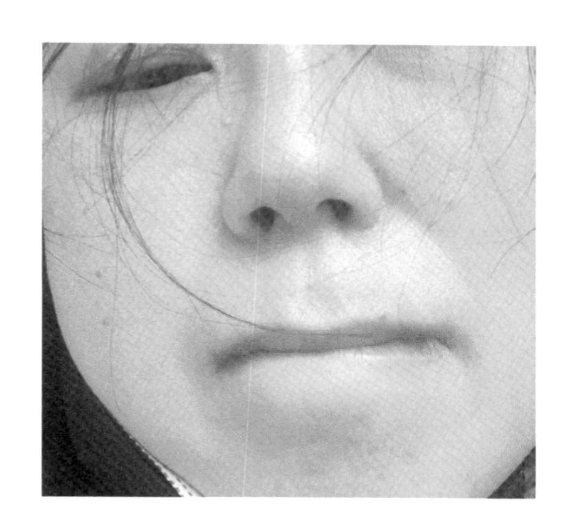

보고 싶은 사람이 있을 때는 어찌하나요?

나는 그대가 너무 그립습니다
나는 그대가 너무 보고싶은데
나는 그대의 그 모든 걸 가지고 싶은데

그런 그대는 제 곁에 없기에
알 수 없는 기약에 아파합니다

그대는 지금 어디에 계시나요?
그대는 지금 무얼하고 있나요?
그대 생각속 나란 아이 자리하고 있나요?

속절히도
무심히도
대답없는 그대에게
애만 타는 나입니다

보고 싶은 사람이 있을 때 어찌하나요?
사무치게 보고 싶은 사람이 있을 때…
그대는 어찌하나요?

이기적으로 굴지마세요
그렇게 설명해도 못 알아듣나요?
본인 감정에 다른 사람 상황을 이해 못 하는
상처받는 날 어디로 가나요?

악마의 계약서

그대가 악마여서 좋았소
나쁜 놈이라 나는 더 좋았소

악마인 척 하는 나의 천사
그대는 내가 다칠까
나를 밀어내는 바보 같은 배려남
내게 빠질까 두려운 겁쟁이

나는 그대가 두렵지 않소
나는 그대를 사랑함에 하루를 살아가기에
그래서 당신의 계약서에 도장을 찍고 싶소

나는 혼자이기에
그대를 그리워하기에
악마의 계약서에 도장을 찍고 싶소

나는 그대를 위해서 영혼까지도 팔 수 있는
그런 바보라는 걸

계약을 신중히 결정해야 했는데
지인 부탁에… 첨 쓰네요

다시 여인이 되다

아름다움은 내게
어울리지 않을 거라 생각했다
사랑에 지쳐 맨얼굴로
삶에 맞서 살아갔지만
나 또한 아름다움을
사랑했던 여인이기에
그대에게 잘 보이려
립스틱을 바른다

다시 여인이 되다
나는 그대를 위해 아름다워질 것이고
나는 그대를 위해 내면을 지킬 것이며
나는 그대를 위해 더 성숙해질 것이다

나는 다시 여인이 되다
그대를 사랑하는 외사랑일지라도

아들딸에게 이뻐보이려고 화장을 했는데
다시 이뻐졌다고 좋아하더라고요
그런데 거짓말 못하는 아들이
엄마 주름생겼다고…이런 젠장
딸아이가 엄마가 화장했음 좋겠다고 용돈으로
화장품을 사주네요… 오늘은 정말 미칠듯 신납니다

아이들과의 저녁식사
너무 행복합니다

사랑하는 이를 떠나보내고 난 제가
슬픔을 이겨낼 수 있게 해준 나의 에너지 원

신이 있다면 감사하겠습니다

제게 이런 보물을 주셨으니
저는 세상에서 가장 행복한 사람이자 여인입니다

아들 안경을 맞추면서
딸이 골라준 이쁜 안경
둘 다 샀네요

저희 딸 센스가 굿이에요
절 닮아 그런 건 안비밀

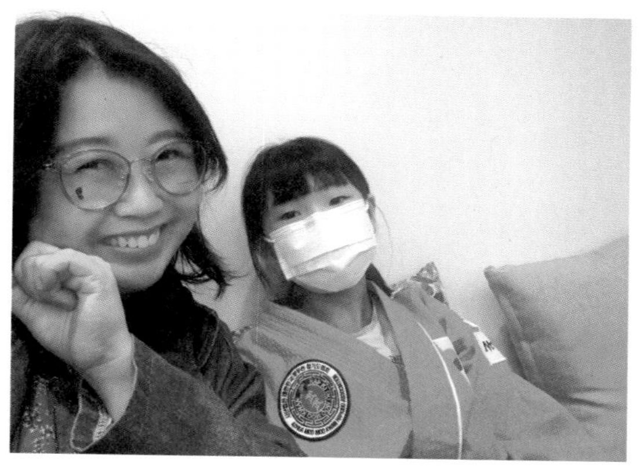

꽃갈비정식
9,900원

바닷가를 다시 걷습니다

이런 날이 올 줄 몰랐습니다
그곳에 가면 지난 추억에 찔려 아플까
갈 수 없던 그곳을

손 내밀어 함께 해준 그대가 있기에
바닷가를 함께 걷습니다

모래를 치는 파도의 노래와
물결의 하얀 물보라는
우리의 만남을 축복하고

쏟아지는 별빛 후
떠오르는 태양이
우리가 시작할
사랑을 비춰줍니다

바닷가를 다시 걷습니다
우리에게
다시 시작할 사랑을 기뻐하며

저에게 희망을 주셔서 고맙습니다
그대에게 감사하는

愛路(애로·사랑의 길)

사랑을 하면 순진한 난
그대를 위한 여인이 됩니다

사랑을 위해
사랑을 품는
나는 애로여인

나의 길은 그대의 길이요
나의 향은 그대의 향이요
나의 숨은 그대의 숨이니

사랑길의 그대 품안
안기려는 밤
나는 그대 사랑을 향해가는 에로 부인

오늘의 인연에 흥분이 되는밤

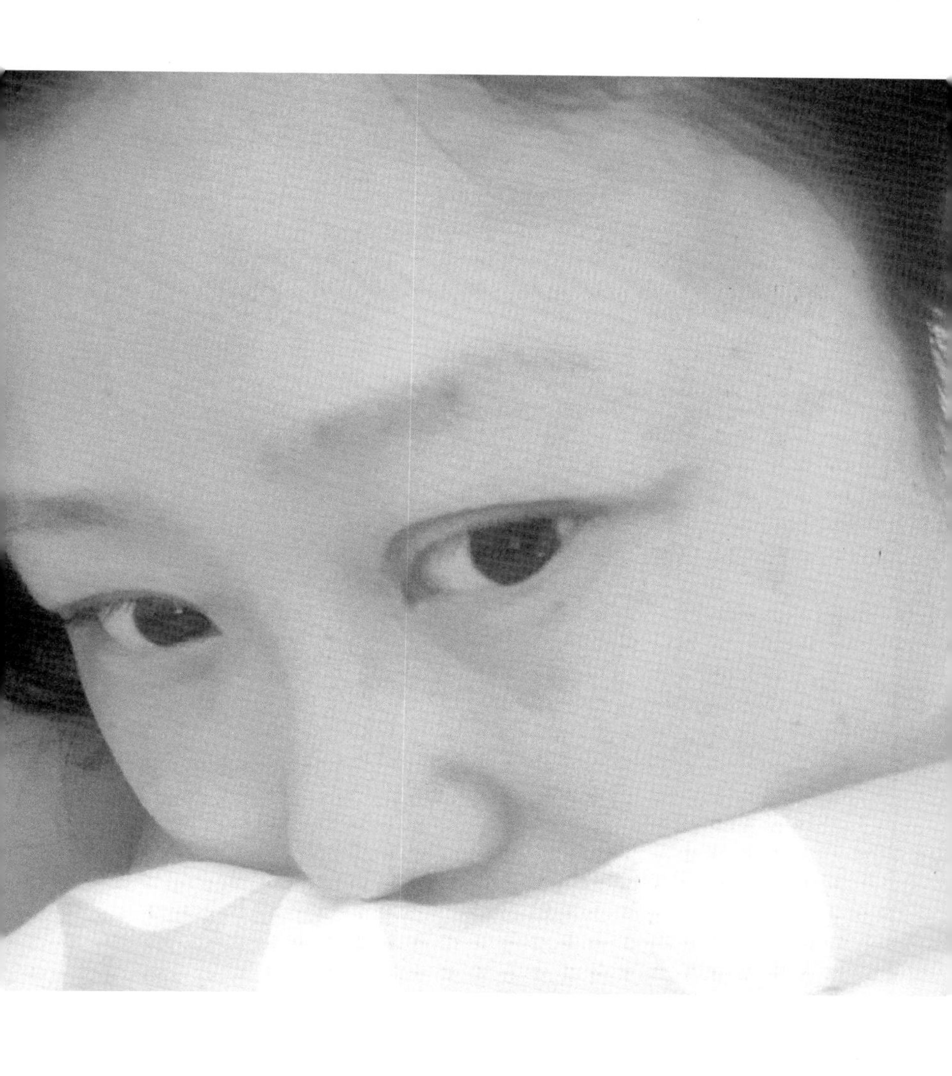

밤에 만난 인연

컴컴한 길위에 나를 부르는 빛
너의 수줍은 분홍빛 입술이
나의 발걸음을 멈추게 한다

어쩜 이리도 아름답던가
어쩜 이리도 고급지던가
너의 빛에 매료되어
떨리는 나의 심장

널 사랑한다
널 간절히 품고싶다
너의 꽃잎 하나하나
나의 사랑노래 들려주며
이 밤을 새고 싶구나

도라지 생강차를 사러 가다
버스 정류장에서 만난
수국 을 보며

보물찾기

길위를 파헤칩니다
하늘을 바라봅니다
바람을 느껴봅니다

꽃잎 사이사이
풀잎 사이사이
나뭇잎 사이사이
흩치듯 뿌려진
그대의 잔재들

나는 보물찾기를 하고 있습니다
그대의 잔재가 아닌
나만 바라볼 보물을 찾고 있습니다
나는 사랑의 탐험가로
나를 사랑할 그대를 기다립니다

사랑을 꿈꾸는 삶을 살게 하소서
나를 아껴줄 사람을 찾게 하소서

온 동네를 돌아다니며 발발거리는

길을 걸으며

외로워서 걸었습니다
혹여라도 그대를 잊을수 있을까
마음처럼 무거운 발걸음을 옮기는데
한 매장 스피커에서 나오는
그대와 듣던 노래

무너졌습니다
다잡았던 내 마음이
그 노래로 무너졌습니다

사랑노래 좋아하던 나였지만
들리는 그 노래에 눈물이 납니다
이제는 함께 들을 수 없는
내게는 그대를 그리는 슬픔입니다

시집을 보내드리러 우체국에 가는 길
핸드폰 매장에서 나오는
케이시의 봄을 기다려를 들으며

eat.

우체국
365
우편·택배 EMS
eat.

수줍은 화분

까꿍
그대의 전화에 내 얼굴이 꽃빛이 되었네
아주 작은 나는
수줍은 화분

그대가 물을 주기 기다리는
사랑에 목마른 꽃
그대가 불러주니 꽃이 피었다

활짝 핀 내 마음에 향기가 나니
오늘도 사랑의 꽃봉오리
잎을 피운다

그대의 목소리 들려줘서 고마워요
그대의 눈빛 보여줘서 감사해요
그대의 존재 만으로 하루가 행복해지는

나는 사랑 꽃 피운 수줍은 화분

꽃은 사람을 흥분시키는 매력이 있어요
아름다움에 취한 날

가지 말자 마음아

가지 말자 마음아
제발 잊자 제발 보내자

가지 말자 눈길아
보아도 보아도 알아주지 않는 사랑

가지 말자 가봤자
상처만 되어 온다

그립고 사랑하고 원했던
그 마음 이제 내려놓고

제발 다시 다른 사랑 찾아보거라
제발 상처받는 사랑은 하지 말거라

너가 사랑했던 그 사실만 안고 가거라
그래야 네 사랑 빛날테니까

매력없는 사람이 안 땡겨서 큰 일이네ㅋㅋ
길들여지지 말자

나쁜사람

나를 보낸다고 합니다
다른 사람에게 가라고 합니다
내가 싫다고 합니다
다 내탓이겠죠

어떻게 그리도 쉽게 나를 놓으시나요?
어떻게 그리도 쉽게 나를 가라하시나요?

내가 얼마나 그대를 사랑했는지…
그대는 모르실 거에요
내 사랑 그리 쉽게 시작한 거 아니랍니다
내 사랑을 그리 쉽게 버리시다니

그대는 나쁜 사람
나는 나쁜 남자 좋아하는
그런 바보랍니다

사람의 가치를 모르는 그대 땜에
상처받는 바보랍니다

너무 아퍼요

한 시간이다
아팠던 몸둥아리를 억지로 달래
잠들지 못했던 정신을 재웠었는 데

아침일 줄 알았다
이런 아직도 새벽
겨우 한 시간의 잠

아파하는 몸둥아리
그리운 사람아
나는 사랑에 아파 잠들지 못하는
통증의 환자

너에 대한 그리움이
내 온몸을 찌르고 고통을 주니
아파서 잠을 이룰 수 없도다

아파요
나도 사람이니 아프고

아파요
치료해 줄 사람없이 아파하는 나

밤은 야속히도
나를 고통 속에 빠져들게 한다

아파요 그대여 나 그대 땜에 너무 아파요

아픈 게 너무도 서러운 밤

한여름 밤의 꿈

신의 장난으로
장님이 되었던 시간

지금도 볼수없는
꿈이 되었나

신의 장난은
진실의 사랑을 버리는
라이센더가 되게 하였다

신의 도움은
헬레나의 외사랑을
이루어지게 하고

라이센더와 사랑하는
허미어를 짝사랑한
드미트리우스
자신이
경멸했던 사람 헬레나를
사랑하게 된
가장 불쌍한 사랑의 저주일지도

신이 결론 내리는 사랑
사회가 단정짓는 사랑

그런 사랑을 해야하는
한여름밤의 꿈

2016.01.22. 꿈같은 싸이판여행을 끝내고 현실로 돌아오니…
초등학교 때 읽고 고등학교 때 연극으로 보았던
세익스피어 작가님의 한여름밤의 꿈이 생각나네요

다잡기

아파보니 알겠더이다
내가 그대를 얼마나 사랑했는지

슬퍼보니 알겠더이다
내가 그대를 얼마나 그리워하는지

부서지는 이 마음을
다잡아
그대를 보내야 하는데

외사랑에 빠진 미련한 나는
이 밤 다잡고 또 다잡고 또 다잡소

그대는 나를 보내고
아무렇지도 않소

나의 안녕이 궁금하지도 않소
참으로 야속하고 매정도 하기에
그런 그댈 사랑했던 나를 다잡소

아픔을 혼자 느끼는 날

감귤꽃

작은 꽃잎
나는 순백의 감귤꽃이어라

향기로운 향내는
그대를 유혹하지만

나의 열매는
진실된 사람만이 먹을수 있소

나의 꽃잎이 지면
나의 화려함은 사라지나

그 대신 그댈 위한 열매가 될지니

나는 그댈 위한 한송이 작은 감귤꽃

제주도에 다시 가고 싶네요
여름과 겨울에만 가 봐서
이 봄바람에 제주가 그리운

과거

머리가 아픕니다
지난날의 실수로
내 마음이 아파옵니다

눈물이 납니다
잃지말아야할 소중함을
지키지 못했기에

그대는 떠났고
나는 남은 현재

과거는 그렇게
나를 아프게합니다

과거는 그렇게
나를 성장시킵니다

오늘도 거울 앞에 서서
그대를 위한 미소를 준비합니다
그대에게 보여줄 수 없는 …

과거의 사진을 보며 잠시 회상합니다

일방통행

제 사랑은 언제나 그대만을 향하는데
제 마음은 언제나 그대로 가득하고
제 눈길은 언제나 그대만을 바라보고
제 소원은 그대와 함께 하는 거였는데

제 사랑은 언제나 일방통행이네요

무조건 그대가 좋아
무조건 그대 뿐이고
모든 걸 다 그대에게 주고 싶지만

마음의 벽뒤로 숨어버린 그대는

직진하는 나를 피하려고 하네요

일방통행이여도 좋아라

나는 그대가 존재하는 것만으로도 감사합니다
나는 그대가 살아가는 것만으로도 감사합니다
나는 그대가 행복하기를 바라는 그런 바보이니까

짝사랑일지여도 나는 좋아라

인간중독

나란 아이 사람을 너무 좋아합니다
순수하게도 그 사람의 말을 백프로 믿습니다

나란 아이 사랑을 좋아해도
사랑에 쉽게 빠지지 않습니다

저는 그냥 그대가 좋습니다
그대를 사랑하는
제 마음이 너무 절실해서 좋습니다

그 사랑이 외사랑
혼자만의 짝사랑일지여도

그대는 나의 사랑입니다
나 그대에게 중독 되어버려
나 그대를 그리워합니다

책임지라는 말은 하지 않습니다
그냥 이 인연을 가벼히 여기지만 말아주세요

전 그대와 사랑에 빠진 중독자입니다

그사랑이 가슴 아플지라도

사랑합니다 나의 사랑

항상 외사랑을 하고 살아가는
사랑이 고픈

오늘까지만 울께요

눈물이 많은 저랍니다
외로움이 많은 저랍니다

그대를 사랑했던 저랍니다
그대가 지금도 그리운 저랍니다
그대와의 지난 사랑으로 하루를 살아가는
후회를 지닌 저랍니다

오늘까지만 울고 싶지만
약속을 지킬 수 없을 거 같아요

그대가 그리운 날
그대가 보고픈 날
그대의 손길이 몸서리치게 느끼고 싶은 날

매순간
내가 숨을 쉬는 그 삶속엔
그대를 그리워하며 울 거 같습니다

더 잘 해주지 못해서 후회로 가득한 날
정말 짧은 시간이었지만 진심으로 사랑했습니다

바라만 봐도…
제겐 너무 값진 사람이었습니다

숨길만 느껴도
저를 흥분시켰던 사람이었습니다

착하고 고마웠던 사람인데
모든 걸 제가 망쳤습니다

그 사람은 모릅니다
제가 그 사람을 얼마나 진심으로 사랑했고
용기 내어 그 사람을 받아들였는지

다… 제 잘못입니다
다… 제 탓입니다

너무나 사랑했기에
너무나 소중했기에

그댈
그렇게 보냅니다

오늘까지만 사랑할게
오늘까지만

그대를 잊을 자신이…
저는 없습니다

부디 행복하소서
그대가 행복할 수만 있다면
제 행복도 그대에게 드리고 싶습니다

오늘까지만 그댈 사랑할 수 있다면
그 사랑도 제겐 너무 감사한 행복이란 걸

미친년처럼 모든 걸 다 잃어버린 날

괜찮아

괜찮아 …
니탓 아니야

괜찮아…
별일 아니야

괜찮아…
잘해 왔잖아

괜찮아…
니 죗값이야

괜찮아 …
그냥 지나간다 생각해

시간이 지나면 그렇게 괜찮아질 거야
시간이 지나면 그깟일 이라고 웃어질 거야
괜찮아
시간이 그렇게 흘러가니까…

죄의식에 사로잡히지 않도록
나의 마음을 다잡기 위한

떠나야할 시간을 알아야 할 때

비가 내립니다
우리의 이별을 대신 울어주듯
그렇게 하늘이 울어줍니다

다가오고 있습니다
그대와 헤어져야 하는 시간이

시간이 멈추기를 간절히 간절히
소원해도
이루어 질 수 없는
현실인 걸 알면서도
야속히 흐르는 시간 앞에
좌절합니다

떠나야할 시간을 알아야할 때
비로소 이별이 아름다운 걸 알면서도
제 심장은 그대를 보내주지 못합니다

떠나야할 시간을 알아야할 때
미련을 버려야 할 때
그대와 이루지 못한 사랑을 이제 내려놉니다

안녕 잘 가요 내 사랑

얼마나 더 아파할지 모르겠네요
한 동안은… 많이 아파할 거 같아요
미련둥이

손가락 사이사이

내 무릎 살포시
그대의 손을 올려놓고
그대의 손가락 사이사이
그대를 향한 내 마음을
전해봅니다

손가락 사이사이
스치듯 나의 손길을 전하며
그대와 나의 체온을 느낍니다

거칠어진 그대 마음이
나의 손길로 위로받기를 갈망하며
나의 마음을 전해봅니다

다시는 잡아볼 수 있을지 모르겠지만
지금 이 순간만은
그대의 체온을 기억하렵니다

고마웠어요
그대 손을 잡을 수 있는
그날을 주셔서

그날을 기억하며

한마디

생각없이 뱉었는데
그게 이별이 되었습니다

나는 그대가 아닙니다
나는 그대가 될 수 없었는데
나는 그대가 나일거라
그런 착각이
나의 실수가 되었습니다

정말 사랑했습니다
정말 소중했습니다
정말 사랑하고 소중했기에
더 신중했어야 했던 한마디

우리의 이별은
그대에게
오늘이 마지막이겠지만
저에겐 추억을 기억하는
이별이 되도록

사랑합니다
고맙습니다

짧도록 아름다웠던
나의 사랑을
이제는 떠나보냅니다

한마디
다시는 실수하지 않도록
나는 사랑을 다시 배웠습니다

수줍도록 바보 같았던 그날을
그 순간을 기억하며

슬픔에 젖은 어리광

부리면 안 되는 것을 알면서도
표현하면 떠난다는 것을 알면서도
감정은 나를 이기적으로 만든다

사랑을 달라고
관심을 달라고
나를 바라봐 달라고
애원했던 것이
그대에게는 너무나 부담이었나

여자의 어리광이
남자에게는
이별의 소지가 될 수 있단 걸
나는 몰랐다

사랑을 갈구했던 나의 어리광
외로와 슬퍼했던 나의 어리광

나는 오늘도 주인 잃은
슬픔에 어리광을 홀로 부린다

사랑에 빠지면 아이가 된다는걸 알기에

부디

다시는 울지 않기를
다시는 아프지 않기를
다시는 외롭지 않기를

그대의 힘든 삶
이제는 내려놓고
그대의 꿈을 꾸기를

그 곳의 하늘은
이 곳과 같다면
그 곳의 햇살도
이 곳과 같다면

가끔은 하늘을 바라보며
그대를 생각합니다

부디
부디
그곳에서는…
그대를 위해 살아가기를

지인의 슬픈 소식에…

공백

불 꺼진 집을 홀로 들어서려니
서글픔이 밀려온다

어디부터 잘못 된 것일까
떠나버린 그대 마음을
잡으려 손을 뻗어도
너무 늦어버린 우린

그렇게 공허가 방을 채운다
아무도 없다
나의 방은
내가 불을 켜 들어온다 하더라도
내가 보이지 않는 암흑의 방

나의 방은 그렇다
불을 켜도 꺼져있는 암흑의 방

그대가 없는 나의 방은
아무 것도 존재할 수 없는
그런 공백이 되었다

아무도 없는 집에
혼자 들어왔을 때의 공허함을 느끼면서

바람의 거리

전 바람을 좋아합니다

비 내리기 전에 흙내음
물을 품어 부는 비린내
너무나 달콤한 꽃내음

바람은 날마다
다른 느낌으로
제 머리를날리고
제 피부에 스며들어
저를 흥분시킵니다

신이 주신 자연의 섭리 중
전 바람이 가장 좋습니다

바람은 그대의 손길처럼
저를 휘감고 불어가기에
바람이 부는 날엔
그대가 너무 그립습니다

오늘도 거리에 바람이 붑니다
이바람속 제 그리움이
그대에게 전해지기를

봄바람 부는 저녁 집으로 돌아가면서

퇴근길

오늘은 삼박자의 번뇌를 맞았네요

자신의 주문실수를 제 탓한 진상고객
배달물건이 늦게 나온다고 짜증 부리던 퀵기사님
그리고
사장님의 따끔한 직언

퇴근길이 참 고되고 슬프니
한숨을 내쉬며 마음을 다스리는 밤입니다

몸이 고되야 잠이 들 수 있는
천성이 그래져버린 저라
힘듬도 즐거움이었지만

사람과 사람에게 받는 부정적 감정교류는
나약한 영혼에
제게는 버티기 힘든 감정이네요

이런 저와 다르게 그대에게는
좋은 밤이 되기를 진심으로 소망합니다

이런게 사랑인건가요

너무 긴 시간 잃어버렸던 감정이
그대를 느끼고 알게 되었습니다

이런게 사랑인 건가요?
사랑이란 걸 해본 적이 없던 것도 아닌데
그대에게 느끼는 감정은 너무도 빠르게 앞서
혹여나 그대와 멀어질까 겁이 납니다

매 순간이 그대의 느낌이 궁금하고
매 순간이 그대의 안녕을 기원하고

혹여나 신의 장난으로 그대를 알기 전
잃을까 두려운 나는

그대가 너무 좋습니다

이런게 사랑인 건가요?
끝없이 끝없이 빠져드는 그대의 눈빛
한없이 한없이 듣고싶은 그대의 숨결
미칠듯 미칠듯 느끼고 싶은 그대의 체온

이렇게 그대 생각에 목메여 있는

이런게 사랑인 건가요?

친구를 만나러가는 버스안에서

미친년(아름다울 미)

전 미친년입니다
사랑에 울고 사랑을 구걸하고
사랑 앞에 한없이 나약하고
사랑을 굶주려하는

그러나 쉽게 사랑을 시작하지 못하는
그런 미친년

전 돌은 년입니다
돌아보고 후회하고
돌아서서도 후회하고
그대에게 돌아가지 못해 아파하는
그대를 사랑했던 돌은 년입니다

돌아갈 수 없는 사랑에 힘든
그런 돌은 년

삶은 저를 사랑에 미치게 하고
돌아버리게 했지만
아무리 발버둥치고 아파해도
돌아갈 곳이 없는
길위에서 그리움을 꽂은 채

그렇게 사랑을 기다립니다

전 사랑에 미쳐 돌아버린 나약한 인간입니다

왜 사람은 잃고 나서 후회하는 걸까요

저는 후회가 많은 아이인 거 같습니다
신은 인간에게 각각의 특성을 부여했다고
하는데…
신은 저를 감정의 쓰레기통으로 생각했나봅니다
제게는 가지지 말았어야할
그런 감성이 너무 넘쳐납니다
아니 어쩌면 신은 기준점 없이 인간을 만들었으나
인간이 기준점을 만들어
사람답게 살라는 규율을 만들었는지도 모르겠네요

저는 신을 부정하지는 않습니다
그러나 신을 믿고 싶지도 않습니다
그냥 서로의 생각차이라고 그리 생각합니다

제가 얼마나 편협했는지…
생각이 많아지네요
이런 날은 어떤 음악도 마음에 들어오지 못할 거 같아요

그대가 듣지 못하는 나의 목소리

그대는 나의 목소리를 듣지 못 합니다
그대에게 내 진심을 말하지 못 하기에
나는 그대 앞에 서면 인어공주가 되어버립니다
누가 그랬을까요?
사랑은 눈빛만으로도 전할 수 있다고
하지만 사랑에 빠진 여인의 욕심은
그대와 느끼고 싶은 게 많아지기에
시간이 흐를수록 들려주지 못한 진심에 후회합니다

나는 인어공주입니다
그대 앞에 서면 목소리를 잃어
눈빛으로 사랑을 갈구하는
눈빛으로 내 마음을 알아주길 바랐던
하지만 에로스의 무심함은
사랑의 화살을 전달하지 않더군요
오늘도 난 그대 앞 나오지 않는 목소리로
들려줄 수 없는 나의 사랑노래를
혼자 삭여 마음에 담습니다

나는 인어 공주입니다
그대의 다른 사랑을 기원하며 물거품이 될
나의 사랑아

전 상상력이 많이 풍부해요
5일 동안 두세 시간 자다 보니 목소리가 안 나옵니다
성대결절도 두세 번 겪었네요
목소리가 안나오는 일상에서 이런 시상이 떠올랐어요
제 시는 사랑노래로 비유되어 표현되나
제가 사랑하는 사람은 제 자신이니
오해마시기 바랍니다 오해들을 너무하세요
남자 꼬신다는 식의…
제발 그런 오해하지 마세요
저는 타고난 외로움이 커 그냥 그 외로움을 시로 표현하는 겁니다
그 외로움 때문에 오해가 커져…
가장 소중한 걸 잃었네요
그래서 상세히 적습니다
거의 모든 사람이 자기만의 사고 방식으로 상대를 바라보고 생각하기에
시의 상상력에 방해가 되는 해석글을 안 적었지만…
이제는 가끔 적어드리려 합니다
저는 사랑을 구걸하려는 게 아니니 오해 말아주세요

귀염뽕짝

그대 사랑에 빠진 나를 아세요
그대 바라보는 내 눈의 반짝임을
그대 숨결 그리는 내 귀는 쫑긋
그대 체온 느끼는 입술은 떨리죠

난 사랑에 빠진 귀염뽕짝

그대 목소리가 음악처럼 들리고
그대 손길에 온몸을 전율하며
그대 함께 하길 갈망하는
사랑밖에 모르는 사랑의 귀염둥이

나의 애교는
나의 귀여움
나의 사랑스러움
나의 섹시함은
그대만을 향한다는 걸

나 그대에게 내 사랑노래 들려드려요
나 귀염뽕짝
나 그대 사랑에 빠진 귀염뽕짝

요즘 뽕짝에 빠진 조카가 귀여워
뽕짝가사처럼 쓴 시입니다

잠 못드는 밤

헤매이고 있어요
눈을 떠도 보이지 않는 사랑에
다가설 수 없어요
손 내밀어도 잡을 수 없는 사랑에
어둠이 내린 이 밤
잠들 수가 없네요

소리낼 수 없어요
외로움속 슬픔이 나를 찾을까
웅크린 채
비워있는 마음만을 잡고 있네요
뒤늦은 그리움은
나를 잠 못들게 하는 밤

그대를 기다리다 지친 육신과
사랑을 그리우다 멈춘 심장이
숨조차 쉬지 못 하게 하는
잠 못드는 밤

그대가 있다면 난 잠들 수 있을까요
다가오는 아침이 두렵고 슬프기 만한
나는 사랑에 잠 못드는 나약한 인간

우리 만약 사랑을 시작한다면

우리 만약 사랑을 시작한다면
부디 이렇게 사랑하기를
넘치지도 부족하지도 않을
한 결을 간직하기를

우리 만약 사랑을 시작한다면
부디 이렇게 지켜가기를
보이는 것과 보이지 않는 것의
다름이 없는 진실이기를

우리 만약 사랑을 시작한다면
부디 이렇게 느껴가기를
너를 위한 마음과 나를 위한 마음이
치우치지 않는 평행이기를

사랑을 시작하기도 전에
상처받은 영혼이기에
그대에게 고백합니다

우리 만약 사랑을 시작한다면

혼자만의 사랑이여도 나는 좋아라

혼자만의 사랑이여도 나는 좋아라
너는 나의 변치 않는 사랑이니
네가 있어 나는 새로 태어났단다

여자에서 엄마가 되었고
미숙에서 성숙을 배워가고
슬픔에서 기쁨을 배웠으며
존재의 중요성을 알았노라

혼자만의 사랑이여도 나는 기쁘니
너의 숨결과 체온을 느낀 것만으로도
나는 인생의 값짐을 품었다

그러니 나의 아이야
나는 어미로서 너의 행복을 소망한다
그러니 나의 아이야
세상 슬픔을 알게 된다면
언제든 너를 사랑하는 사람이 있단 걸
잊지 말아라

혼자만의 사랑이여도 나는 좋아라

딸아이의 생일을 축하하며

딸아이의 생일선물을 미리 샀습니다
너를 낳은 나도 고생했으니 제 신발도 핑계로 함께 샀네요

그냥 부모의 사랑이 변치 않음을 생각하며 혼자만의 외사랑으로
시적 표현을 했으니 오해는 말아주세요

살아야 한다는 것은

살고 싶었습니다
나를 위해서기보다
내 곁에 있는 이를 위해

살아가고 싶었습니다
이왕 사는 거 사람답다는
말을 들을 수 있게

살아가고 있습니다
그렇게 이유와 목표를 만드니
하루가 하루를 더 할 수 있더이다

나는 그렇게 오늘을 보내고
또 다른 오늘을 맞이 합니다

삶의 의미를 웅장한 의미를 두기보다
무탈히도 흘러가는 삶에 감사하렵니다
전 겁 많고 나약한 인간이기에

살아야 한다는 건
그렇게 살아있는 것만으로
감사의 인사를 드릴 삶이기에

3년 만에 쓴 첫시입니다

아직도 많이 부족하 지만… 용기 내서 올려봅니다
제가 다시 살아갈 수 있도록 도와주고 용기를 준
그대들에게 감사하며…

사람의 마음이 물처럼 흘러간다면 좋은 걸까요? 나쁜 걸까요?

운동을 하며 걷는 내천길에
흐르는 물을 바라보며
문득 생각이 들었습니다

어떤 게 좋을 지는 …저도 모르겠네요

사랑의 마음은 고이길 바라고
미움의 마음은 흐르길 바라나

인간의 교만함이 사람의 마음을
반대로 흐르고 멈춰있게 해
사랑은 떠나고
미움만 남는 거 같아요

소망하노니 사랑이 머물고 미움이 흘러가기를

좋은 밤 되소서
내천가를 걸으며

그런 날이 되게 하소서

그냥 오늘은 오늘로서 발걸음을 옮겼습니다
매번 걷던 출근길인데
바람이 사뭇 다르게 느껴지고
공기조차 스며듦이 다른 날

이렇게 일상을 걷던 길이 아름다워 보이는 날
소소한 일상과 범접할 수 없는 자연이
내게는 너무나 감사하고 행복한 오늘

매일이 이렇게 행복할 수도
매일이 이렇게 즐거울 수도 없다는 걸 안다

다만 슬픔이 다가오는 날 마음껏 울고
이런 날의 추억을 생각하며
나는 다시 일어서고 싶다

오늘이 그런 날이 되게 하소서
이 날로 인하여 내가 살아갈 수 있는…

출근길에 멋진 풍경을 보며

그지새끼

내가 그지새끼인가요?
내가 바보자식인가요?
내가 등신머저리인가요?

그래요
맞아요
나 그대 사랑 구걸하는 그지새끼
나 그대 밖에 모르는 바보자식
나 그대 위해 사는 등신머저리

세상 모든 욕을 다 얻어 먹는다 해도
그대를 사랑하는 여인인 것을

왜 그리 하대하나요
왜 그리 막 대하나요
왜 그리 무심히도 서럽게 하나요

기다리라 해 기다렸고
오지말라 해 멈춰 섰고
내 마음 누른 채 그대 원대로 했는데

그런 말투

그런 태도
나를 모멸감에 떨게 해

사랑에 아파하는
나는 바보 천치 머저리입니다

그런데 그대여
난 예전에 사랑밖에 모르던
그 바보천치 머저리가 아닙니다

이제 더 이상 그런 식의 하대는
내 사랑을 변색시켜
나를 탈색시키니
내 사랑이 변할 수 있음을
나 경고 합니다

내가 웃고 다니니
내가 사랑한다니
내가 외롭다니
내가 그런 대우 받을 사람 아니어라

그림자

나는 그대 어둠속 자리한 그림자
그대 뒤에서 내 자신을 드러내지 못하는
그런 바보 같은 존재

나는 그대 슬픔속 눈물 흘리는 눈물방울
그대 뺨 흘러내릴 그 눈물을
닦아줄 수 없기에 눈물이 되니

나는 그대 마음속 자리 잡고픈 작은 물망초
Don't forget me(나를 잊지 마세요)
그렇게 기억되고 싶은 가녀린 꽃

나는 그대 숨길 속 숨을 쉬는 작은 금붕어
그대가 주는 아픔을
3초 안에 잊은 채 그댈 사랑하기에

나는 그대 없이 단 일초도 살 수 없는 하루살이
그대에게 날아가려 이 작은 날개 발버둥 쳐도
그대에게 닿을 수 없는

나는 그대 그림자여도 좋아라
그러니 그대여 햇살 눈부신 날

그림자를 본다면 나를 기억해주오

야간 촬영 후 집으로 가는 길
내 멋진 그림자를 보고

성숙

그녀는 내게 없어선 안 될
신과 같은 존재
나 그녀를 너무 사랑하기에
삶 모진 고난과 역경을 이겨내는
아테네 여신이 되었다
나처럼 여린 심성의 그녀는
나처럼 자기 자신을 죽여가며
하루하루 소리 죽여
울고 버티는 하루살이이기에
아파하고 병이 들어버렸다
그런 그녀를 나는 사랑한다
어리숙하고 여린 심성
너무나 외로웠던 여인
그녀는 나에게
삶을 살아가게 한 여신이며
버팀목이며 내 삶의 동아줄
그러니 임성숙 성숙아
나의 이모야
이 세상 오래 오래 백십 살까지 함께 살아가자
이제 아프지 말고 이제 슬퍼하더라도
오늘만 울고 이를 악물고 내일은 웃기를

그러니 성숙아 내 이모야
조금씩 행복을 찾아 꿈을 꾸시길

유방암에 걸렸지만 식당일을 하며 꿋꿋이 자식과 가정을 지킨
시를 사랑하는 문학소녀 임성숙 이모님께 이 시집을 헌납합니다…
사랑합니다… 임성숙여사
시인 김용숙 또한 힘든 삶, 더 성숙해져 글을 다시 쓰기에
부족한 제 글을 사랑하고 읽어주시는
모든 소설의 구독자님들아 고맙고 사랑한데이 데이 데이

유트버 시인 김용숙, 2021 년 5월 08일 11시25분
제3집 성숙의 마지막 원고를 끝내다

화순슈퍼
NO.1

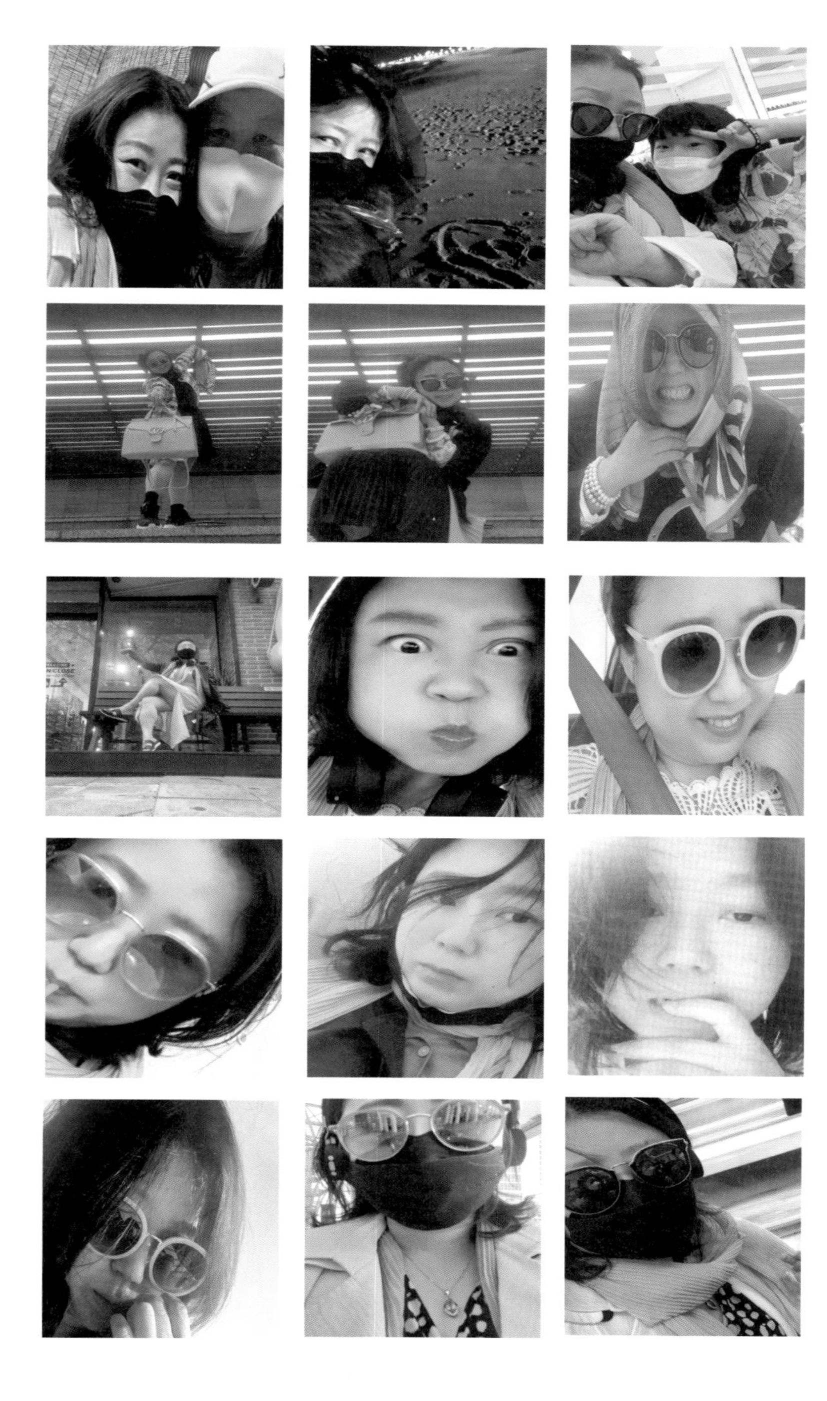